KB042118

일곱 번씩 일곱 번의 오늘

시작시인선 0352 일곱 번씩 일곱 번의 오늘

1판 1쇄 펴낸날 2020년 10월 26일
지은이 신표균
펴낸이 이재무
책임편집 박은정
편집디자인 민성돈, 장덕진
펴낸곳 (주)천년의시작
등록번호 제301-2012-033호
등록일자 2006년 1월 10일
주소 (03132) 서울시 종로구 삼일대로32길 36 운현신화타워 502호
전화 02-723-8668
팩스 02-723-8630
홈페이지 www.poempoem.com
이메일 poemsijak@hanmail.net

ⓒ신표균, 2020, printed in Seoul, Korea

ISBN 978-89-6021-519-1 04810
      978-89-6021-069-1 04810(세트)

값 10,000원

일곱 번씩 일곱 번의 오늘

신표균

천년의
시작

시인의 말

나날이 나를 빚는다
오늘 나는 어떤 나를 빚었을까
아니 오늘까지 나는 어떤 나로 빚어져 있을까
일생 물어온 질문

만들어진 나와 스스로 만들어온 나
너는 결코 너의 온도를 잃지 마
내가 쓰는 모든 시는 나의 가면

음표들이 가락을 품고 연주를 기다리듯
한 획의 기호로 가장 긴 말을 나누고 싶었다

나는 내가 그립다

차 례

시인의 말

해 설

제1부 자정의 종소리는 종종 징징거린다

투박한 듯 고운

떠나간 자리나
흘러간 뒤안길
반짇고리 실타래 서리서리 똬리 틀면
끊어진 실
다시 이을 수 있을까

잇고자 하는 간절함이면
입술에 젖은 말
바늘귀에 꿸 수나 있겠는지

물레야 물레야
빈자리 날줄로 뽑고
멈춘 길 씨줄로 실꾸리 감아
투박한 듯 고운
비단 한 필 짜주렴

내 손가락 날줄로
네 눈빛 씨줄로
외로는 오른 소매
오르로는 왼 소매 짜서
계수나무 가지에 양 날개 걸었으면

멀어서 아름다운 것들

멀리 달려온 따뜻한 빛이나
높이 모셔두어야 경외로운 신은
두말할 것 없이
섬을 삼키는 파도의 악다구니가
건반 위의 은파로 변환되는 것은

멀어서 아름답다

멀리서 그림엽서 보내오는 노을은
태양과 구름의 육탄전일 테지만
기러기 떼 노을빛 날갯짓 창천 물들이면
먼 곳의 그가 더욱 그립고
멀리 떨어져 있는 연인 꿈에 나타난다

닐 암스트롱 발자국 찍던 날
계수나무 아래 방아 찧던 토끼
혼비백산 사막 모래 구덩이로 사라진 후
총성 멎을 날 없고
근경은 전쟁이 되고 원경은 풍경이 되는
가보지 못해 발걸음 닿지 않은 곳

\>

멀어서 아름답다

가까울수록 너무 먼 당신 품이 더욱 따뜻한 섯은

일곱 번씩 일곱 번의 오늘

미운사랑나누면서여태살고있는 오늘

아직사랑할일만남아있어야하는 오늘오늘

신앙같은열여드레어스름새벽달 오늘오늘오늘

피라미드밝히고하얗게건너온듯 오늘오늘오늘오늘

일곱해씩일곱번째맞는생일날에 오늘오늘오늘오늘오늘

삼백예순닷새어느하루덤은없어 오늘오늘오늘오늘오늘
오늘

있기나한가한번도산적없는내일 오늘오늘오늘오늘오늘
오늘오늘

태어난 오늘이나
건너갈 오늘

살아온 오늘이나

살아낼 오늘

하루살이, 무드셀라 차별 없는 나날 오늘
을 산다는 건 내일의 그리움 만드는 일

오늘의 탑 쌓는
내일의 첫날

보석, 그 환함에 관하여

천 길 흑암은 허파였다 만 년 시공의 무게는 자양이 됐다 족보 없이 뿌리 모른 채 어둠의 자식들로 성장은 멈추고 소갈머리만 키워왔다 출구 없는 절망의 미명에서 곡괭이 날 끝에 찍히는 순간 천지는 개벽했다 동공은 터지고 억눌렸던 에너지가 빅뱅을 일으켰다 불을 만나 불빛을 보고서야 비로소

스스로 빛이 된

영원한 지옥에서 영원한 제국이 될 궁전에 드디어 흙수저에서 금수저로 신분 상승한 에메랄드, 마노, 페리도트, 호박, 수정, 사파이어, 토파즈…… 영험한 광채들이 동거하는 제국은 해독하고 예방하고 치유하는 집으로 인류에게 다가온

선물

무한대의 핍박과 억압을 뿌리치지 않고 고스란히 내공으로 응축시킨 결정, 유폐되었던 만 년 지하 감옥 빛으로 부수고 나와 지상의 철제 감옥에 수용될 뻔했던 몸, 허영심

과 사치로 곪아 터진 클레오파트라의 콧대 빛으로 영혼을
치유하는* 환한

　내시경

---

* 힐데가르트 폰 빙엔(1098–1179)은 '보석을 이용한 질병 치료론'으로 유
명한 독일인 귀족 출신 수녀. 그는 하느님은 보석이 갖는 빛과 힘들
을 버리시지 않는다. 보석들로 하여금 치료 목적에 봉사하기를 바라
신다고 했다.

사랑 저울

센강의 퐁데자르 다리가 무너졌다
연인들이 영원을 담보한다며 채우기만 한
자물쇠 무게에 비만해진 사랑
강물에 빠져 허우적거린다

사랑, 꿈꿀 때는
앉은뱅이저울 눈금만 껌뻑였는데
잠그고 채우면서부터 한 바퀴 휘돌아 온 흰 바늘
뒤뚱거리고 휘청거리기 시작

'0'에서 출발한 사랑
고치고 화장하고 덧씌우면서
부둥켜안은 제 무게 견디지 못해 파르르
제자리 되돌아와 주저앉는다

사랑,
한갓되이 흐르는 강물처럼 자유로워야
자물쇠 없이도 채울 수 있으련만

시비詩碑

문신으로나마 가슴에 품고
종신하고 싶은 한 편의 시를 기다리며
이끼 옷 누더기 되도록 원시림을 건너온 그가

진달래 피는 어느 봄날
화전놀이 구경 나온 한 시인과 눈 맞아
사흘 밤낮 몸 섞고 정釘을 통하더니

싸늘하던 몸에 더운 피 돌아
따뜻해진 문신들
꿈틀대는 몸짓으로 시문을 암송한다

천년의 짝 이룬 시인과 돌
한 몸 반려가 되어
지니고 갈 몸시 도란도란 합송하는

묵시록

수정

요란한 설계, 빛나는 청사진 위에 울려 퍼지는
팡파르 잦아든 광장의 허허로움을
아는 선각자는 수정주의자다

비전은 과장되기 십상이어서
과대 포장하기 일쑤이고
궤도 수정의 결단을 자존심 훼손의 앞치마로 가리면
돌이킬 수 없는 시행착오가 부메랑이 되어 오는 것

수정修正은 수치羞恥가 아니다
수정水晶도 수정修整해야 더 빛나는
진화하는 수정授精이어서

수정 자본주의도
수정 사회주의도
모순 완화, 개량 표방한 것

명작의 고향조차
수정修整 또는 수정修訂의
플랫폼에서 환승을 거듭했을 터이고 보면

>

설정은 빛나고 수정은 더 빛나는 창작일진대

미숙한 설정 털어내지 못하면

부메랑의 코뚜레에 꿰일 텐데

가장 환한 책

가로 구
세로 십삼
두께 일 센티미터
서른세 장 예순여섯 쪽 한지에 인쇄된

세종대왕 여덟 제자 거느리고
이천십구 년 시월 생신 맞아
한 땀 한 땀 손수 꿰맨
손책자 한 권 내 손안에 꼭 쥐여 주시네

가장 많이 팔린 성경
가장 아름다운 모르간 베아투스
가장 비싼 캔터베리 이야기
가장 크고 무거운 이것이 무하마드다
가장 작은 카멜레온 늙은 왕의 자장가
6개 국어로 인쇄한 손톱만 한 주기도문

보다

목 안의 성음 한 번 움직이고 한 번 멎음이

뿌리내려 자음 모음으로 돋아나서
검은 하늘 누런 땅만 보이던 만백성 눈 밝혀 준

환한

다섯 구멍 붉은 실 꿰어
오침안정법五針眼訂法으로
가까운 말, 먼 뜻의 소리 손 박음질 한
눈동자 안에 쏙 들어와 블랙홀이 환해지는

《훈민정음》

저 홀로 내성천을 건너서

마음 흔들리거든
무섬마을 외나무다리 혼자서 건너보렴

오리무중 길 보이지 않거든
내성천 미답의 모래사장 오롯이 걸어간
해오라기 발자국 쫓아가 보렴

기다리는 사람 소식 간절하거든
물안개 자욱한 이른 아침
강섶에 나가 면사포 벗지 않고 밤 지새운
물버드나무 마지막 잎새
여린 가지 매달려 떨고 있는 손 한번 잡아주렴

혼밥 모래 씹는 맛이냐
너와지붕 굴뚝 모락모락 아침 연기 찾아온
도요새 한 쌍
야트막이 재잘대는 시냇물가
모래톱에 숨은 새끼 새우 쫓느라
종종걸음 부리 부딪는 소리 들어보렴

\>

고요마저 멈춘 새벽
시월 하현달 저 홀로 내성천 건너가는 소리
뿌연 안개 속에 얼굴 내미느니
길 찾아 떠나는 이, 윗마을
찾던 길 되돌아오는 이, 아랫마을

외나무다리 건너
가고 오는 무섬마을

자정의 종소리는 종종 징징거린다

둥지도 무덤도 만들지 않는 눈먼 떠돌이 새들
동물원 안에 갇힌 매의 노란 눈에 놀란
검은 나비처럼
내 과거를 매장해 놓은 언덕 위를 날아다닌다

틀니 달그락거리는 소리 잦아든 귓속에서
자라는 침묵 아버지는 발자국 소리 숨기지만
셰에라자드의 밤을 향한 발걸음 땅에 닿지 않아
숨이 차다

신데렐라의 자정은 왜 그렇게 조급한 건지
역정이 입안에서 뿌리내리는 동안
시계의 종소리는 세상 모든 시간을 깨뜨려 버릴 것처럼
큰 소리로 징징댄다

나무들 세상으로 내려서고
나는 여자의 성기에 귀를 대고 구시렁거리는 소리를 들었다
머릿속은 오르가슴이 치받쳐 기형적인 생각들로 팽창해
경전 속에 네 편지를 숨겨 베두인처럼 떠돌고 싶다

\>

밤비 추적추적 내리는 버스 정류장

무명 시인의 시집을 읽으며 마지막 버스를 기다린

비의 창으로 차이콥스키의 비창이 들려오고

한 척의 고독이 밤안개를 지나 도시의 불빛을 헤치며

둥둥 떠가는

멜로드라마의 주인공처럼 꼭 필요할 때 등장하는

네 고독을 픽업할게

시인의 배낭

문패 내리고
비밀번호 뒤에 숨어
이름 감추고 사는
AI 시대 사람들 무작정
로봇이 시키는 잔심부름거리 찾아
집을 나선다

살던 집 주소까지 주섬주섬 PC에 보쌈하여
발붙일 곳
문패 달 곳
헤매 도는 떠돌이 시인의 배낭
여독에 지친 이름표 밭은 기침 소리 흐릿한데

멀리
빈 우물 홀로 지키는 고향 집 늙은 감나무
아껴둔 까치밥 하나

인공지능에 거처와 일터 모두 빼앗긴
돌아오지 않는 주인 못 눈치챈
까치,

금세 첫눈이라도 내릴 것 같은 찌푸린 하늘
저만치 돌아서 날아가네

아름다운 불협화음

연신 기울어지는 어깻죽지
뭉툭한 손마디 구부러진 손가락
거친 숨 삼키며
빚는 〈쿰바야〉가 가슴을 뜯는다

바이올린
첼로
플루트
클라리넷……

플루트 솔로 부분에서 불쑥 튀어나오는 바이올린
여기 울퉁 저기 불퉁 제멋대로인 몸짓
신명 뻗친 활이 툭 끊겨도
단원들 두 눈에 화살촉으로 꽂히는 지휘봉

발은 구르고
왼팔 크게 휘저으며
오른손 바이올린 휜 활 튕겨
음계 불러내고 박자 짚어주는
오체투지의 지휘자

>

보면대가 된 몸 위에
음표로 떨어지는 땀방울
손끝 발끝 눈빛으로 숫자악보 심어주며
예그리나 오케스트라* 지휘하는

그녀,
클린 연주보다 불협화음이 더 아름다운

* 예그리나 오케스트라: 지적장애와 자폐, 지체장애 초중고생 26명으
  로 2012년 홀트학교에서 창단.

집시 또는 시집을 위한 집 한 채

꿈 찾는 사람들 넘쳐 나서
여인숙을 짓는다

점쟁이 집시 여인, 마도위나 땜장이 남자 집시
누구라도 무시로 들락이며
문지방에 윤이 나는 그런 여인숙이면 더욱 좋겠다

자음으로 기초를 놓고
모음으로 기둥 세워
용과 거북이 불러 대들보를 얹는다

오랜 풍상 살아남은 상형문자 옻칠하여
틈새마다 대패질로 요철 지붕 촘촘하게
유리걸식하는 집시들 별 꿈 꿀 수 있지 않을까

여인숙에는 창을 내지 말 일이다
뚫린 창문으로 사연 궁금한 행인들 까치발 세울 것이고
세상 궁금한 덜 여문 집시들
맨발로 뛰쳐나와 찬바람 맞을까 근심하여
여인숙엔 온돌 놓아 장작불을 지피자

\>

아랫목에 누룩 띄워 막걸리 담고

항아리 안 낱말들 부글부글 글 읽는 소리 익어갈 즈음

황토방 호롱불 제 먼저 취기 올라

바람벽에 새긴 시경 비틀거리며 읽을 때

문풍지 풍월 읊조리는

집시의 시집 한 채 지었으면

시월의 마지막 밤은 없다

시와 음악의 불장난으로 태어난
시월,
억새바람에 건포도보다 더 주름진 유두
물고 매달리는 마지막 잎새

원천 마른 유맥 협착증 앓는 신음 소리에 놀라
젖꼭지 놓친 젖니
벼랑 구르며 목 메는 노래
마지막 소절, 시월의 마지막 밤은 없다

악보에 그릴 수 없는 비창
송가인 듯 만가인 듯 빛바랜 리듬
오금 한번 펴지 못하고 한 치 흔들림 없는 가부좌
소름 돋은 까칠한 가슴이여

지금은 비록 마른 젖이다마는
아지랑이 가슴 부풀리는 그날이 오면
시월의 마지막 밤은
마른 잎새 떨군 천 갈래 바람소리였다고

노래하자

제2부 유별과 배려 사이엔 교도소가 있다

핵가족

가가호호
할매 할배
한 상에서
따로따로 따로국밥

집집마다
아들 손자
끼리끼리
피자 한 판 조각조각

개다리소반 위에
둘러앉은 숟가락들
갱시기 죽 그릇에
뜬 하늘 내려다보며

나는 됐다
나는 됐다
진달래꽃 배부르던 시절

어머니의 달

토담 울타리 아늑한 장독대에 차려지는 신전
다달이 보름달 떠오르면 여인은 옷을 갈아입는다

삼경 첫새벽 목욕재계, 곱게 다림질해 둔
옥색 치마저고리 의관 정제한 제사장
고즈넉한 우물가에 나와 정화수 한 두레박 조신조심 길어
하얀 사기대접 그득 옻칠 소반에 올리면
보름달님 빙그레 좌정하신다

일 년 열두 보름달 어김없이 초대하여
한양 유학 간 맏이 사법고시 합격, 군대 간 둘째 무운장구
돌박이 외손주 무병장수와 가문의 번성, 그리고 풍년 기
원……
빌고 또 비셨다

우물가 장독대 두레박 모습 감춘 어느 날
옥색 제복祭服 주섬주섬 챙겨 홀연히 떠나가신 여제
뜨락에 서서 하염없이 보름달 올려다보노라니
불현듯 함박웃음으로 내려다보고 계시는 얼굴

40

\>

수호신!

보름달 어머니

서울역 포터 이해룡李海龍 씨

서울역 대합실
오십 년 한결같은 얼굴을 만난다
작달막한 키 가무잡잡한 얼굴에 다부진 몸집
골목마다 새벽종 울릴 적이나
광장에 태극기 물결 촛불 뜨거울 때나
마냥 이마에 주름 한두 줄 그 얼굴 그 모습이다
키보다 더 큰 지게에 몸집보다 더 무거운 짐 보따리
대합실에서 플랫폼으로 다시 대합실로
시간표를 연주해 온 발자국은 그대로 한국근대철도사

자갈 깔고 누웠던 침목 콘크리트 베개에 밀려났지만
쌍가닥 녹슨 철로 예대로인데
선로 위의 재건호 비둘기호 통일호 새마을호
그리고 KTX
바뀐 이름표에 맞출 수 없는 발걸음 휘청거릴지언정
여전한 두 다리인데
지게 또한 카트로 바뀌어 엘리베이터를 탄다

칠십 년대 어느 명절
참깨 마늘 고춧가루 양념 보따리 이고 지고

아이 둘 업고 끼고 개찰구에 줄 서서 허둥지둥 쩔쩔맬 때 등 빌린 적 있는데
이천이십 년 새해 첫날 개찰 가위 대신
자동 매표소 앞 줄 서있는 내게 다가온 그가
'삼 층 매표소가 한산하다'고 일러주는 친절에
명함 대신 덥썩 두 손 잡고 오십 년 전 갚지 못한 인사를 건넸는데

평택에서 서울역까지 휴일 없이 근속하며 고향 소식, 서울 뉴스
등짐으로 져 날라 서울역 붙박이 포터가 되어 비비대기 반세기
한국철도포터오십년사 발로 써온
이해룡 씨
자동화 특송 시스템에 밀려나
바퀴로 구르는 여행 가방 따라
활등 허리 펴진 만큼 살림살이 주름도 다림질되었을는지

슬프게 피었다가 아프게 지는

사춘기를 앓기에는
봄날의 보폭이 너무 짧아
삼월이 종종걸음 친 다음에야 깨우쳤습니다

자목련 큰언니 부풀어 오른 암꽃이삭
버들강아지 칭얼대는 옹알이 듣고서야
브래지어 뽕 터진다는 것
삼월이 꼬리 감추려 할 즈음에야 눈치챘습니다

매화 개나리 산수유 진달래 봄꽃 네 자매
홍역 같기도 하고 황달 같기도 한
젖몸살 돌림병 앓는 줄
삼월이 그림자 거둘 무렵에야 깨달았습니다

겨울 궁전에서 동상 견딘 얼음 공주
언 손 봄볕 쬘 사이도 없이
자매들 초경 앓는 신음 견디다 못해
알몸 분신 공양, 봄을 익히고 있습니다

어린 처녀 연달래

시집갈 나이 진달래
혼기 놓친 난달래
무덤가 맴돌다 미쳐버린 금달래

슬피 피었다가 아프게 지는
진달래
그렇게 참꽃이 되었습니다

눈먼

보이는 것을 보고 싶어 하지 않는 세상에서
소리를 본 적이 있습니까
혹, 만져본 적은 있는지요

소리를 눈으로 보면
고막보다 망막이 더 크게 떨려서
만지기라도 할라치면
소리의 파장이 안구를 찔러옵니다

유리컵 깨지는 모습 좇던 눈동자가
파열음 먼저 듣고 확장된 동공
눈길로 깨진 조각 쓰다듬으면
마취제 맞은 듯
파편들 신음 소리 잦아들지요

눈 뜬 자들의 소란스런 세상
눈먼 사람조차 눈이 아프다네요

귀 밝고
눈 맑아야
총명聰明한 이 땅

자작나무

옷을 벗자
염색한 가발도 벗어 던지고
눈 부시게 뽀얀 알몸
은파를 연주하자

옷을 벗자
흩날리는 은발
반짝이는 음모가 아름다운 이 겨울에
옷을 벗자

독백인들 어쩌랴
알몸으로 부르는 신령스런 노래
소름 돋는 은빛 주문呪文 잠든 한밤

흰 눈은 어디쯤
밤길 헤매고 있는지
옷을 벗고 촛불을 밝히자
백화白樺여

보청기

퇴화해 가는 노인의 귓바퀴는
바깥 소리 모아주지 못하고
고막 떨림이 둔탁해진 달팽이관
모음 자음이 헷갈린다

어머니 자궁에서부터 교감신경으로 이어져 온
모음,
말소리에 기둥 세워주지만
첫소리든 받침소리든 제각각 찢어지고 흩어지는
자음,
훈민정음이 어지럽다

세종대왕께서 한글 창제하실 때
보청기 출현까지는 예상치 못하셨을 터이고 보면
보청기의 흡음 능력 가늠이나 했겠는가

해체된 자음들 베틀에 날아
모음과 교직하여 고막에 전달해 줄
비방하는 말 새겨 듣고 감언이설 가려 듣는
AI 보청기라도 등장하여 모음과 자음 궁글어

웅숭깊은 목소리 들려줄 날 오기나 할는지

그날이 오면 베토벤의 후예들
오케스트라 첼로의 저음
개미 소리를 천둥소리로 들으리니
모음으로 기둥 세우고 자음으로 서까래 얹은
시詩를 지을 수 있으리

그때의 바람은 달았네라

황토방 해진 돗자리 아래
들썩이는 흙먼지
풍창 열고 총채질하면서도
문풍지 떨리는 옹색한 살림 티 없이 살아
하늘은 수월하게 푸르렀고
바람은 달았느니

유리창 틈새 촘촘 테이프으로 막고
진공청소기 집진기 공기정화기
희고 검은 방독면까지

연막작전 전방위 공격에
완전무장 숨 막히는 벙커 안에서
해를 삼킨 초미세먼지가 토해 놓은 일식
다이아몬드인들 빛이 날까

들숨 날숨 한번 크게 쉬어보는 것이
마지막 소원이라는
어느 호흡기 질환자의 병실에
첩첩이 떠도는 절규

총채 부여잡은 손 스르르르 레일 타며

그때의 바람은 달았네라

생수 가게 앞에 줄 선 산토끼들

땅 위에선
화장터에서조차 출입 금지당하고
바다에선
배고픈 물고기들의 저승사자로
둔갑한 도깨비

밤새 콜록이던 산토끼
바위도 잠든 첫새벽
발자국 소리 숨기며 세수하러 찾은
옹달샘

샛별 반짝이는 적요의 명경지수明鏡止水에 움찔
목만 축이고 얼른 돌아선
조롱박 놓였던 그 자리
어느 날 슬그머니 플라스틱 쪽박 걸리더니

에베레스트 산정에서 태평양 심해까지
지구 점령한 무패의 혁명군 군홧발 아래
조롱박 쪽박 터지는 소리에 놀라
생수 가게 앞에 줄 선

산토끼들

가재, 게 껍데기로 만드는 바이오플라스틱* 바가지
샘터에 새로 걸리면
옹달샘 다시 찾는 날 올 테지

* 바이오플라스틱: 폴리스티렌으로 만드는 기존 보드는 분해에 500년
이 소요되는 데 비해 가재와 게 껍데기에서 추출되는 바이오플라스
틱은 햇빛에 6개월 만에 분해됨.

첫

탯줄 잘리는 공포
첫울음으로 하늘에 먼저 출생신고를 하고
아직은 햇빛을 볼 수 없는 눈
입술로 따뜻한 무덤 더듬어
초유를 빤다

첫니 나기 전에 옹알이부터 익힌 혀
스스로 터득한 원시 언어로
첫 질문을 던진다

첫사랑은 깨지고
첫 만남은 헤어지고
첫날밤이 깨소금이 아니라는 것쯤
오늘 깨달아서
첫 경험처럼 허탈하지 않아야 할 텐데

첫새벽이 가장 어두운 것을 깨우칠 즈음
처음은 다 그런 거야라고
제법 익은 말 한마디쯤 뇌까릴 수 있게 되겠지

>
시작과 마지막은 누구에게나 선행 학습 없이
첫 경험으로 비롯될 터인데
알파와 오메가의 틈새
혼돈의 구멍일 뿐

내 생애의 모든 첫날은 오늘이다

갑질

　그들의 신화는 일천구백칠십 년 시작됐다 양의 탈을 쓴 북반부 여우와 사슴 탈을 쓴 남반부 이리가 서로에게 감전된 것은 순전히 둘의 꼬리 사인이 맞지 않아 오작동 일으킨 안테나 누전 사고 때문이었다 토굴에 들어간 지 삼 년, 천일야화를 쓰는 동안 육종학의 진화로 바깥 세상에서는 통일벼가 개발돼 녹색혁명이 일어났고 여우 굴 안에서는 이종 간 교배에 의해 F1*이 태어났다 생물학적으로 근친혼은 열등 인자가, 원격지 이종 간 교잡은 우월 인자가 유전된다는 과학적 이론을 신화보다 더 신봉하면서 개국을 했다

　이천십오 년 정월 스무날, 이리의 나라에 혁명이 일어났다

　―여우가 낭독한 이리의 혁명 선언서

　반세기를 함께 살아오면서 왕방울 눈 부라리며 고래고래 소리 지르고 버럭버럭 핏대 세워 윽박질러도 되는 줄 알았소 내가 '갑'이고 당신은 '을'이기 때문에 때맞춰 밥 짓고 넥타이 골라 출근시키며 아이들 '인 서울' 낙오될까 동분서주 궁핍한 살림 손톱 깎아 일궈온 것도 그러려니 해왔소 나는 '갑'이고 당신은 '을'이기 때문에 사십오 년이 흐른 을미년 정월 두 개

의 뿔 '6'으로 꼬부라진 생일 맞는 지친 양 한 마리 세한에
겉옷 속옷 모두 벗어주고 알몸으로 오들오들 떨면서 잔잔한
물가 푸른 초장으로 안내하는 선한 목자도 사나운 이리 떼
지켜주는 충견도 아닌 내 곁으로 말없이 걸어왔소 내가 '갑'
이고 당신은 '을'이기 때문에

　'갑'질만 해온 반세기, 한 번도 놓을 줄 몰랐던 끝 문드러
진 가죽 채찍 이제 당신에게 건네주려 하오 당신이 채찍 휘
두르면 나는 피리를 불겠소 당신이 눈 부라리면 나는 파란
하늘 슬픈 두 눈에 담아 그대의 채찍 끝에 길들여지는 순량
한 양이 되겠소

　이제부터 당신이 '갑'이오!

* F1: 육종학에서 교잡종 1대를 가리키는 약어.

유별과 배려 사이엔 교도소가 있다

무밭에 흙수저 나고 인삼밭에 금수저 난다?

어디에나 투명한 듯 칸막이가 높다

모든 이에게 열려 있다고?

어느 곳에나

비밀번호 알아야 들어갈 수 있는 마법의 성
보자기로 싼 유별한 목록에는 '배려'라는 단어가 없다

감방 동료가 만들어준 '오뚜기 찌개'를 맛보고서야
누구도 '땅콩'의 과거를 묻지 않은 데서
아무도 가르쳐주지 않은 배려를 배웠다

그녀

제3부 갓밝이에서 놀까지

작은 것들의 날갯짓

권위를 누릴 만큼의 영토나 명예의 위세는
우리와 혈통이 달랐다
구가할 만한 계절의 사치 또한
넉넉히 안고 태어날 수 없었던 것은
작은 것들의 태생적 불안의 날들이었겠지만
거친 발자국 아래서 숨 견디며 가벼이
깃털보다도 가벼이 한 몸으로 심술궂은 바람에도
매달려 비상하는 생애 최고의 날을 향한
민들레 홀씨의 저 새하얀 웃음소리

우리 서로의 한쪽 날개가 되자
비눗방울처럼 둥실~ 두둥실~ 날아오르자
낮은 하늘도 높은 하늘도
첫 날갯짓 비록 서툴러 허우적댈 테지만
내가 너의
네가 나의
잡은 손 포기하지 않기만 한다면
서로의 반쪽이 된 우리 앞에
창천은 가뭇가뭇 아지랑이 춤추게 할 거야

발

손짓 발짓에 몸짓까지
수화하고 족화 그려 보이지만
발바닥에 눈길 주는 이는 없습니다

오르막길 내리막길 입 없이 걸었더니
발아래 나도 모르는 사이 길이 났습니다
태초에 로고스는 있었으나 길 없음은
발이 먼저 가르쳐주어 발길이 됐을 테지요

발 딛는 곳은 지옥에라도 길이 될 수 있다는 것
손이 지레 압니다
작은 일도 손이 하면 '솜씨'라는데
진흙투성이 발은 스스로 닦을 수조차 없어 이따금
손이 발을 씻겨 주면서 생색을 냅니다

발목에 쇳덩어리 매달아 놓고 저 홀로 영화를 누린
죗값으로 제 발 저린 손이 발이 되도록 비는 시늉하지만
뻔한 거짓말 발이 먼저 알지요
손이 상수이고 발은 하수란 말입니까

\>

결가부좌한 부처님의 발짓을 보실래요
책상다리하고 양다리를 X 자로 겹쳐서 앉아계십니다
왼발은 '지성', 오른발은 '행위'를 상징한다네요

이론과 실천을 몸공으로 닦고 하늘 바라다보는 발
신발 벗어 던지는 날 오면
일생 우주에 길을 낸 발의 해방입니다

• 가跏는 발바닥, 부趺는 발등을 뜻함. 결가부좌로 부동심이 길러져 고
  통과 공포에서 평정심을 찾게 된다고 함.

갓밝이에서 놀까지

원단 해거름 팔공산 정상 하늘 경계선에 올라 오로라 대신 지친 노을을 바라다본다 해 뜨기 전 내가 그쪽으로 달려갔던가 해 지기 전 자네가 뚜벅뚜벅 이쪽으로 걸어오던가 두 갈래 생각은 하룻빛이 꺾이기 전에 지구 한 바퀴 돌아 뒤쫓아 온 초승달 계수나무 바통 건네는 모습 순간 포착하고 싶은 마음이 일몰 쪽으로 기울게 했지 삼백사십 일간 우주에 머문 미 항공우주국 우주 비행사 스콧 켈리는 지구를 오천사백사십 바퀴 돌면서 일출과 일몰을 하루에 서른두 번씩 일만 팔백팔십 번을 보았다는데 나는 단지 동일 선상의 주자들이 군집하는 번잡한 해맞이를 피해 해넘이의 장관을 명상으로나마 헤아려보려는 요량으로 역발상을 했지 오늘따라 유난히 검게 그을린 노을의 꼬리 잡고 뜨락 아래 동해 바다에 발 담그고 있을 벗에게 전화를 건다 "오늘 아침 일출의 덕담이 궁금하네?" "'뜨는 해보다 지는 해가 더 고요하다' 하더이" "일몰이 던지고 간 말은?" "'짓지도 않은 복 내놓으라고 떼 쓰는 인간들 욕심과 지구가 뿜어대는 그을음이 버무러져 풍기는 악취로 토악질 난다'며 울컥울컥 먹물을 토하더이" 손 내밀면 잡힐 듯하면서도 금세 적막으로 잦아드는 여정 때맞춰 뜨고 때맞춰 지는 보폭으로 따라잡을 수가 있기나 한 건지 하루의 무게부터 계량하는 일출 해종일 정

해진 보폭으로 쏜살처럼 달음박질해 봐도 해거름 비낀 노을
끝내 바통 쥐어 주지 못하고 먹물 풀어놓는 하늘 삼키는 독
백 '블랙 뉴 이어!'

낡아짐의 미학

모서리가 닳아 손때 반들거리는
낡아가는 것들이

억눌리기도 짓밟히기도 더러는 긁히기도 하면서
나이 따라 늙지 않고
보쌈 주름 두터이
눈길 팽팽하게 잡아당긴다

옥척屋脊 대들보나
선로에 깔려 고막 잃고
침묵의 삶 일관해 온 침목의 무게
몸에 새긴 레일의 시간 외려
결이 단단하다

느릿느릿 손금 굳은살 두터워진 침모
반짇고리 골무 깊어지는 주름에 동백기름 바르면
장롱 문짝은 쉰 목소리로 익어간다

고픔

허리띠가 양식이었고
머리띠가 지식이었던
때가 있었다

메말라 꼬이는 빈 창자 도랑물로 축여
고픈 배 허리띠 졸라
등뼈 일으켜 세웠다

고픈 머리 가물가물
머리띠 질끈 동여매고
지난 신문 얻어 읽고 강의록 빌려
개천에 용 났다

눈물 고픈 가슴
모래바람 부는 눈엔
'사랑고픔' 단어도 없었다

하고픈 일
닮고픈 얼굴 많았던
건조했던 시절

낙타는 어제의 지도를 허물면서 간다

나침반이 가리키지 못하는 사막의 길을
내비게이션은 손짓할 수 있을까

목마른 낙타 한 마리
오아시스 찾아 사막 속을 간다
눈썹에 매달리는 모래바람
마른 울음으로 헤치며 발걸음 다시 내딛지만

모래 속에 파묻힌 길이
어디로 닿아있는지 돌아갈 길 막막한
길 위에 서서 길을 묻는다

날개 부딪히는 일 없을 철새 떼가
날아가는 길 없는 그곳이나
사막을 걸어가는 낙타의 눈엔
지도가 없다

연화무

이파리 하나 벙글 때마다
억겁의 시간 속으로 숨어드는 꽃술
합장한 우담바라 개화는 언제쯤인지
잠긴 미궁 문전 서성이며
다문 입술가에서 맴돌기만 하려는가
겹겹이 숨겨진 점층의 속내
다소곳한 바람에 한 자락 또 한 자락 숨죽여 피어날 때
구천 헤매는 원혼 만개를 기다린다
청맹과니의 몽매함으로는 심장의 끝닿은 데 가늠할 수 없어
소매 끝에 매달리는 해원의 몸짓 더욱
가냘피 떤다
갈급한 불나방
풍경 흔드는 젖은 바람에 길을 잃었는가
서릿발 딛고 선 버선코
고깔 속에 숨어 우는 속눈썹 찾아
무소유의 가벼움으로
구름의 시간 지나 도솔천 건넌다

라와 자의 간극

열 가지 경고 사항 모두 '라'로 명령하면서
그중 여덟은 '말라' 둘은 '하라'
─십계명

과로로 순직한 서른다섯 살 검사의 양복 안주머니
남루해진 가죽 수첩 안에 스스로 마음 다림질해 온
─마음가짐 십 조

조문마다 한결같이 '자'를 심지로 심어
배려하자/ 장점을 보자/ 밝은 모습을 보이자/ 늘 친절하자/
일은 완벽하게 하자/ 생각을 바르게 하자/ 감사하자/
겸손하자/ 똑똑하게 하자/ 건강에 자만심을 버리자

소름 돋는 십계명과
따뜻한 십 조
하느님과 인간 사이 '라'와 '자'의 거리

천지간

'마음가짐' 아홉 가지 실천하느라

마지막 제 십 조 지키지 못해

서른다섯 이른 나이에

십계명 없는 나라로 이민 떠난 검사님[*]

* 고 이상돈 천안지청 검사. 야근 후 밤늦게 귀가하던 아파트 엘리베이
터 안에서 과로로 숨진 채 발견(2018. 9. 29.).

어느 상주喪主

고 학생 부군 '해피' 신위
고 유인 '묘순' 신위

영정 모셔놓고
바이올리니스트와 성악가 불러
추모 음악회를 연다

죽은 개, 고양이가 하늘나라에서 행복한지
점을 쳐주는 애니멀커뮤니케이터 무당이
신장개업, 한술 더 뜬다

반려견, 반려묘와 동거하는
애견·애묘인 조문객들로 북적대는
반려동물 장례식장

"다이어트에 성공하는 듯했던 '해피'가
오늘 아침 갑자기 세상을 뜨셨습니다."
"저희 집 '묘순'이는 어제 운명하셨는데요……"

짧게는 두세 달, 길게는 일 년 이상

슬픔 견디다 못해 순사도 불사하는
펫로스* 증후군 환자들의 조문弔問 이어지는

개죽음을 왕생극락이나 소천으로 믿고 싶어 하는 그들
신불神佛에 대한 신성불가침죄 제1조를
들춰 보았는지?

---

* 펫로스: 죽은 애완동물의 사진이나 옷, 장난감 등을 가져와서 슬픔
  을 털어놓는 '사람'들의 모임.

영주권

입국 검색대에
하나 숨김없이 모두 내려놓았다
겨자씨 반쪽만큼도 안 되는
인연이나 미련도
탑승구에 마지막으로 내려놓는다

영주권 한 장 입에 물고
하늘 한 주먹 벙어리 손에 움켜쥔 채
민들레 홀씨의 가벼움으로 훨훨

문도
열쇠도
마중 나오는 이도 없는
가없이 자유로운 거처

말없이 입국入國
천년의 미소로 스러질 구름에 한 몸 뉘어
영생에 든다
이사 갈 일 없는 그곳에

한

한 줌 권력에
나라 문 닫히고

한 점 마침표는
문지기 갈아 치우는데

한 획 글 뿌리
빗장 풀기도 닫기도 하여

맺혔다 풀렸다 하는

다름과 틀림

　무료한 토요일 오후 공짜 지하철 타고 명동 거리에 나가 인파에 떠밀려 가는 군상들의 표정에서 군중 속의 고독을 읽는다 접이식 의자에 쭈그리고 앉아 휩쓸려 가는 얼굴 하나 사냥하여 캔버스 위에 올려놓는 길거리 화가 그곳에 내 얼굴이 겹쳐져 어른거린다 옆자리에선 삼만 원 받는 것 이만 원에 그려준다는 말에 눈도 마주치지 않고 화가와 마주하고 앉는다 지나가는 행인들 힐끔힐끔 나와 그림 번갈아 보지만 머물며 지켜보는 사람 별로 없는 걸 보니 신통한 그림은 아닌 듯 이따금 날 구경하는 사람 더러 있다는 데 작은 기쁨 맛보며 나도 나를 구경하는 사람 구경하는 재미로 시간을 보낸다 완성작이라며 내놓는 그림, 엉뚱한 내가 그곳에서 야릇한 표정 연출하고 있는 게 아닌가 나답지 않은 나의 초상이지만 약속한 금액 웃으며 이 돈은 그림값이 아니라 당신의 헛수고값이라 생각하면서도 누군가가 나를 본 이미지라 여기며 나의 초상을 받아 들고 일어서는데 유치원 아이들 조막손으로 제각각 그린 남자 여자를 아빠 엄마라고 우기며 깔깔대는 모습이 떠오른다

　내 초상은 과연 나일까
　모든 사람이 너라고 부르는 나,

모든 사람에게 너라 할 수 있는

나는,

모든 사람의 너일 수 있고 모든 사람이 나일 수 있는

나인 듯하기도 하고 나 아닌 듯하기도 한데

길거리에서 사람들이 구경하는 나의 초상과 내가 본 나

의 자화상

순간의 관계가 어색한지 말없이 돌아앉는다

한 사람인지 두 사람인지

같은 사람인지 다른 사람인지

스며들며 살아가기

인간은 지구에 번지수를 매겼으나
하늘은 땅에 점수를 새겨놓지 않았다
기름지든
척박하든
쓰임새 따라 나름 유용하면 될 터

땅이 하늘을 보존등기 할 수 없다면
하늘을 하늘같이 우러러야 하는
영원한 피조물

서로가 서로에게 스며들어
우주와 관계 맺고 사는
사이,
서로를 점수 매길 수 있을까

제4부 별은 그림자를 남기지 않는다

인문학이 과학에게

예수 석가는 사다리를 내려
하늘에 오르라 하고

소크라테스는 발가벗고 광장에 나와
'너'를 만나란다

셰익스피어, 베토벤, 미켈란젤로
신과 자연 사이에 사람 불러
구상과 비구상으로
징검다리 놓아주었는데

알파고는 테크노폴리스 건설 현장에
인간을 꾀어
일용직으로 부리고 있다

0에서 0으로

인공지능이 생각하는 갈대로 진화하면
AI의 나를 볼 수 있을까

관측할 수 있는 별 모두 합쳐도
우주 전체의 사 퍼센트에 불과하고 그 밖은
암흑물질

더는 셈할 수 없는 깜깜한 천지에서 내가 태어날 가능성은
우주가 생겨날 확률에 생명체가 진화할 확률을 곱하고
거기에 다시 지구에서 내가 수태될 가능성을 곱해야
나오는 '0'의 존재

김환기의 대작 '우주'가 홍콩 경매에서 일백삼십이억 원
에 낙찰
광활하고 오묘한 작품성을 휘날렸지만
물리학이 그리는 우주는 예술가의 상상력이
쫓아갈 수 없다는데
언제쯤
인공지능의 나를 만날 수 있을는지

\>

인간의 마음을 계산기로 두드려 우주의 의미에 대하여
궁극적 질문을 던지며 명상하면서
이웃의 고통에 연민하는 또 다른 나를 과연
만날 수 있기나 할까

염치를 아는 인공지능이 태어나
더불어 살아가는 날
생각하는 갈대의 자리조차 내주게 될
지구촌 떠돌이 먼지 알갱이 하나
미명에 반짝!
찰나의 빛도 소리도 스러질 우주 속의 나

별은 그림자를 남기지 않는다

어둠 속 서성이던 별들이 제 성좌를 지우고 내려와
성에 낀 침실 유리창을 기웃거린다
입춘 새벽 구슬땀 흘리며 올라온 외줄기 꽃대
눈화살에 꽂힌 소심란 향기가 허리를 꺾는다

납월의 밤 어스름 한 보습 추슬러
밑동에서 잎끝까지 흩어진 가솔들
별나라보다 아득한 꽃 속에서 만나고 있는지

대궁 속 일곱 자매 오종종 체온 나누고 있는 별 집
스며드는 볕뉘에 언 심장 녹이는가
성에 걷힌 유리창 열린 침실 넘나들며
깜빡이는 눈썹바람 뿌리칠 수 없는 유혹

초조한 봄

안달 난 화냥기 핑크빛 화장에
덜 핀 애송이 가슴
봉곳한 브래지어 속알 채우느라 몸살 앓는다

성난 사타구니
껄떡이는 관절마다 팽창하는 맹아萌芽
가래톳에 핏발 세운다

초조해진 봄
유두에 물 오를 날 손가락 꼽을 겨를 없이
뜨거운 밤 서둘러 맞을 꿈에 설레는 가슴
성난 멍울 부풀리고 있다

나는
슬픈 봄 기다리느니
스스로 절망할 줄 아는 꽃 되어
언제쯤 그늘 지운 추파 던져볼거나

사잇계절에 피는 철부지 꽃

스프링코트 입고 시월에 피는 개나리나
섣달 장마에 레인코트 걸치고 대문 나서는 장미
철부지 꽃들의 추운 더부살이가 시작됐다

철모르는 꽃들이 철없는 응석 부리며
정체성 망각한 계절 품에 파고들어
경계 모호한 잉여를 견디고 있다

환경 파괴가 불러온 생태계의 어긋장
봄으로 치우친 겨울에서
금세 여름 쪽으로 어깨 기대는
지구촌에 경고등을 켰다

초봄봄초여름여름초가을가을초겨울겨울
스프링코트레인코트트렌치코트오버코트

절름발이 춘하추동
꽃들은 고를 패션이 있기나 한 건지

사잇계절에 피는 철부지 꽃들의 치장이

불러올 생태계의 교란

그 회색 지대에 사뭇 서릿발 돋는다

봄이 존다

권태가 저만치 커튼을 연주하면
우울이 화음을 다듬는다
바람은 세차게 뒤통수를 치며 달아나고
돌은 알몸으로 거리를 구른다

방범창이 나비를 키우는 창가 가로수가
소리 내지 않고 걸어와 눈빛 내려놓으면
내 머릿속에 웅크리고 있는 너

잠긴 꿈 안에
열쇠 깊숙이 밀어 넣는다

소설 속 인물이 외로 된 언어로
나를 읽을 때
나무는 제 몸 부러뜨린 이야기를 꺼내
어제와 오늘 사이에 별을 심는다

훌쩍이는 별들
맹인 가수 이용복의 〈줄리아〉가 울려 퍼지는
레미제라블의 거리를 헤매면

노랑 부리 낙엽 샤갈의 파스텔 톤으로 단장한
봄이 존다

죽어서 이슬로 태어나고 싶어!
굴러다니는 사금파리들

봄을 위한 순교

망나니의 무딘 칼춤이나
녹슨 춤사위는 두렵지 않습니다

구차한 목숨 무디어진 칼날에 빌어
누추한 삶 이어갈 생각은 더더구나

날 벼린 장검 서슬 퍼런 칼바람에
번뜩이는 양손잡이 집행관과 맞서

속울음 삼동을 얼려 온 짧은 생애
성지, 검은 피로 물들이고 싶지 않았습니다

단두대에 자진한 선홍빛 순결
돌무덤 따뜻해지면

더운 숨결 한 모금 마저 몰아
부활의 새봄을 피우렵니다

하지 무렵

푸나무들 땀방울 굵어질 즈음
오르가슴에 꼬인 산각 으슥한 곳엔
벌들의 무도회에 밤느정이 요염 떠는 내음 비리다

농밀한 체액 꽃술에 숨긴 채 흘리는
은밀한 신음 소리 봉밀에 버무려지고

농염한 자태 오뉴월 화톳불에 더욱 달아올라
꿀벌도 어지러운지 날개 떨고 있다

허리춤에 감춰둔 은장도
까맣게 잊어버린 늙은 밤나무

유월의 산
능선 타고 앉아 삼복 회춘을 한다

가을 하늘은 늙지 않는다

한 점 부끄럼 없는
저 자신감
블루홀의 탱탱한 중력이
몇백 광년으로도 닿지 못할 아득한 곳에
꽂힌 시선
광속으로 빨아들이고 있다

푸르러 눈부신 젊음
전라의 몸으로도 수줍음 타지 않는
저 순수
숨긴 것 없으니 부끄러울 것도 없다는
저 당당함
가을 산야 되레 얼굴 붉힌다

그늘진 기미 몇 점
가을비로 지우고
탐심의 경계 소슬바람으로 허문
하늘, 쪽물 풀어
부끄럼 씻어낸 너른 가슴
코발트블루로 물든다

코끼리 똥 2

헐렁한 개량 한복 중의 적삼 걸치고 맨발에 샌들 신고 나섰다 뗏목에 실려 물의 속도로만 울컥울컥 계곡 따라 흐르다가 소박한 평화를 만나면 정글 내려다보고 있는 하늘 한번 유유자적 살피기도 하고 상앗대 잡은 팔뚝 정맥 꿈틀거리는 뱃사공이 되어본다 섬유질 걸러내 종이 만들고, 소화 안 된 원두 골라내서 최고급 커피 만든다는 코끼리 똥 그득 떠내려오는 메따만* 계곡 빨래터, 바나나 씻는 처녀 머릿결 상분象糞 향기 은은하다 뗏목 타고 내려온 그 골짜기를 심드렁한 코끼리 바나나로 달래 겨우 내어주는 졸음 오는 등에 업혀 스름스름 거슬러 오른다 어깨에 낙타 혹 빌려온 흰소 두 마리, 기다렸다는 듯 쌍두 우차 달구지 뒷자리 내주며 덜커덩덜커덩 삐그덕 삐그덕, 씹은 강냉이 되새김질하며 택시보다 친절하게 출발했던 지점에 내려놓는다 소나기 피하려 황소 뜀박질하는 것 보았는가! 갈등하는 칡넝쿨 등나무 뛰어넘으려 점프하는 것 보았는가! 시샘하듯 뿜어대는 관광버스 매캐한 연기, 코끼리 똥 냄새 밴 콧구멍 헹궈 연막 소독을 한다

* 메따만: 태국 북부 정글 지역에 위치한 트래킹 코스로 이름난 곳.

입덧하는 진주조개

자궁벽을 파고든 침묵의 옹이
상처 위에 생채기 덧씌우며
푸른 세월 바래도록 밀려오는 파도
밀어인 양 멀미하며 견딘 헐거워진 시간들

조물주가 일러준 봉인 뇌관 열어볼 수조차 없는
동정녀 자궁 속에 잉태한 비밀
입술 깨지도록 앙다문 입

태반의 눈물 방울방울
수태한 태실에 병 주고 약 주고
아물었다 생채기 났다
멈추지 않는 입덧과 굳기 파도를 타며

하루 삼 층 일 년이면 일천 층
삼 년 만에 초고속, 초고층 빌딩 세우는가 했더니
조가비 태실 안에 일 밀리미터의 초미니 핵 구슬

태반 속에서 구슬치기 서른 해
콩알만 한 옥동자 궁글려 간직한 만삭의

할머니 진주조개

일백오십 년 긴긴 입덧 배 속에 토하며
주름 없는 왕방울 흑진주 하나 키워
목숨 바꿀 출산의 꿈 부풀리고 있네

하얀 가을

하늘 태우기라도 하겠다는 듯
산등성이마다 불 질러 지문까지 태우고 나서야
바람은 뜨겁게 식어가서
기세등등하던 불꽃의 결기 허공에 사그라들어
하얀 재가 되었나

민둥산 백홋날 체백 수습하느라
하얗게 센 대머리
지워야 할 부끄러운 유적 몇 가닥
아직 남아있기라도 한 건지
정상 점령한 흰 빗자루들의 반란
그을린 하늘 쓸고 또 쓴다

한 점 허물조차 감출 수 없어
흔들리는 하늘 아래 자존심 세워
빗질과 비질 번갈아 굽신거리는 듯 허리 꺾지 않고
꼿꼿이 살아온 하얀 가을
하늬바람 연주하는 왈츠곡 반주에 맞춰
설국 왕자 환영식 군무 리허설에 분주하다

\>

애절한 초혼 뒤로하며 말없이 익어가던 노을
억새꽃 십팔 번 레퍼토리 〈은파〉를 타고
불명예 씻어낸 목화꽃 송이송이 피어오르는
하얀 능마루
싸늘해진 가을 호젓이 넘고 있다

백령도 물레 소리

빚거나 그리려고 없는 조각칼 지필묵 찾아
괴나리 행구 차려 바다와 대적할 것 없다
공연히 만들고 빚느라
피 말릴 일 더더욱 부질없어

주무르고 깎고 깨뜨려 가면서도
물레질 손 놓지 못해
수수만년 제 몸 먼저 부숴온 서해 거친 파도
청자인지 뚝배기인지
빚어온 작품

백령도 산허리 가로지른 사구
가마 안에 들려오는 짜르르르
잦아드는가 하면 또다시 짜르르르
실꾸리 돌아가는 소리
에는 가슴
갈빗대 탄주하는 콩돌의 합창

천 년의 리허설이면 그리 될까
만 년 공연하면 저리 될까

겁㤔 없이 물레 자아온 서해

백령도 콩돌에 천지창조 문신 조각하고 있네

화색和色 또는 화색花色

말없이
피어나

소리 없이
웃다가

하염없이
흐르는

사공 따라
귀의하는

꽃물 든
강물

화색花色인 듯
화색和色 도는

제5부 사회적 거리

휴화산

헐티 잿마루
헐떡헐떡
'코 19' 피난하여

한티재 넘어오는 바람 맞아
한숨 돌리렸더니
휴~

팔공산 비슬산 분지
총성 없는 전장
널브러진

휴… 휴… 휴…

休… 休… 休…

아!
대구

휴화산이다

광화문의 봄

프라하의 봄을 지켜봤지만
발바닥이 너무 뜨거워요
촛불이 달군 구들장 아궁이 깊숙이 횃불 질러
아스팔트는 녹아내리고 콘크리트 바닥은 갈라져
용상의 세종대왕, 장검 짚고 눈 부릅뜬 충무공
발바닥 데어 좌불안석입니다

씨앗 'see—art'
그냥 보기만 하세요 움켜쥐거나 머릿속에 굳이 구겨넣고
가슴에 꽉꽉 쟁여 담으려 마세요 보이는 것 모바일 영상에
다 있고 궁금한 것 인터넷에 다 있어요 독점하셨다구요
머리로 이해하려 하지 말아요 말 아닌 소리나 몸짓으로
느끼면 돼요 사람살이가 다 그렇잖아요

사막은 선인장에 꽃을 피우고
인동초 얼음 속에서 씨앗 틔우지만
하늘 한번 올려다보려 담벼락 겨우 비집고 나와
지구를 번쩍 들고 기지개 켜는 질경이를 보아요
바람보다 먼저 눕는 일은 결코 부끄러운 일 아닐 테지만
숯이 된 아랫목은 밀고 나올 수가 없네요

\>

이제 그만 아궁이에서 불을 빼주세요
바람 불면 누울 수나 있겠지만
잿더미 속에선 숨을 쉴 수가 없네요

광화문 광장에 봄을 돌려주세요

사회적 거리

가까우면 싸운다
가까워질수록 더 심하게 싸운다
서로의 반쪽이라면서 싸우고
온전히 합칠 수 없다며 싸운다

한 가슴만큼 벌어지면 주먹이 날아가고
한 발치만큼 떨어지면 발길질이다

거리에 따라
눈싸움
말싸움
글 싸움 하다가
총질에
핵 싸움이다

멀리 떨어져
가늠할 수 없는 거리쯤에서
내 쪽의 필요가 아니라
상대를 향해 더듬어보는 간격

\>

격렬한 싸움 끝에 찾아오는

아름다운 거리

검은 백조* 흰 까마귀

까마귀 우는 곳에 백로야 가지 말라고 한
그 백조가 반드시 흰 새여야 한다면
검은 백조, 흰 까마귀의 출현은
백조도 까마귀도 색깔로는 한편이 아니라는 뜻

흑묘든 백묘든 쥐를 잘 잡는 것이 고양이라고 한
중국의 정치 지도자는 일찌감치
색깔론에 휘말리지 않으려는 예지를 보였지만

검둥이든 흰둥이든
인간은 신이 만든 길짐승이면 그뿐일 테고
검은 백조든 흰 까마귀든
날짐승이면 그뿐인 때가 되었을 테지

좌우 흑백 동서남북 종속 따져 편 가르는
색깔론으로 진화하는 건 인간들의 싸움질뿐
'산은 산이요 물은 물'
메시지 물고 온 검은 백조, 흰 까마귀

죽을 때 딱 한 번 빼어난 노래 부른다는

백조의 콘서트가 기다려진다

* 검은 백조(black swan): 서양에서는 예상치 않았던 일이 돌연 발생하는
  경우를 뜻하는 말로 쓰임.

반실이

식민지에서 태어나
독재정권 아래 살면서
오른 뿔에 받혔다가 왼 뿔에 받혔다가
반실의 나라에서 죽을 것 같다

보수가 집권하면
진보가
진보가 집권하면
보수가
서로 독재한다며 치고받고 받고 치고
쌍나팔 불어대는
보수/진보가 반반인 나라

다만

땀 흘려 일한 만큼
개인도 나라도 곳간 쌓여 가던 나라

저들끼리 북 치고 장구 치고
쌓아놓은 곳간 헐어 퍼주고 나눠주고

놀아도 지갑에 돈 꽂아주며 허락하는
빚더미 위에서 분배 잔치 벌이는

백성과 나라 더불어 빚쟁이 만드는 유토피아
부자 삼대 못 가는
진본지 퇴본지

반신불수 반실이
어떤 나라에서 웃으며 떠날 수 있을까

고고학

파도는
꺾이는 허리 힘겹게 일으켜 세워
흔들리는 바다에
쉼 없이 갑골문자를 음각한다

구름은 흘러가는 하늘의 옷깃 붙잡아
능숙한 붓놀림으로 양각한 상형문자 두루마리를
바람에게 쥐여 보낸다

존재하는 것들은 저마다
제 몸 던져
내일이면 삭아질 사연들을
하루치의 이끼로 써 내려간다

오늘이 쓸려 간 자리에 내일이 밀려오면
이야기는 이야기를 따라나서겠지만
바다와 하늘 사이에 이어지는 전설은
거울 보지 않고도
서로의 거울로 파도와 구름 뒤섞어 놓는다

날

나를 일으킨다는 것은

날 세우는 일

날밤 새우며

나를 벼리는 일

벼려야 날이 선다

다시 읽기

시 한 행
영화 한 편
가사 한 꼭지

앞서거니 뒤서거니 회의 시간 맨 나중에 도착한
둘은 그날
한쪽은 데이트 신청을 하고
다른 한쪽은 세계 최고 신랑감의 청을 거절했지

몇 주 후 주차장에서 우연히
다시 만난 둘
〈사운드 오브 뮤직〉을 함께 감상한
빌 게이츠와 멜린다
서로를 다시 읽고 부부가 됐지

스티브 잡스와 빌 게이츠는 경쟁자이면서 절친
한쪽은 소름 끼칠 만큼 까탈스런 천재
한쪽은 매정하기로 이름난 달인
창과 방패 관계가 되어 소원해진 얼마 후
둘은 다시 친구가 됐지

＞

잡스가 췌장암으로 세상 떠나기 전

"너와 나 저 앞에 펼쳐진 길보다 더 기나긴 추억을 갖고 있잖아"

게이츠가 비틀스의 〈Two of Us〉를 들려주면서……

한 번뿐인 삶

하나가 하나를 만나

놓친 젓가락 하나 다시 집을 수 있듯

대못박이

남장사 부처님 전 삼천 배 올리고 나서야
가슴에 박힌 못 조금은 헐거워져
무릎 아래 뽑아놓고 조심조심 내려오는 돌계단
흰 대못 하나
왼발 엄지발가락 끝에 밟혀 지렁이 몸을 꼰다

심장 깊숙이 박혀
가슴앓이 얼마나 시켰으면
꾸부정한 허리 핏빛 더께 저리 두터울까

혀끝에 궁글다가
새 나간 허언 독설로 녹슨 것인가
펜 끝에서 미끄럼 탄 곡필 상형문자 화석일까

남의 가슴에 망치질하며 살아온
노루발로도 뽑히지 않는 명치끝 대못
더는 묻어둘 수 없어
부처님 전 빌고 빌어 내려놓고 돌아오는 길
덜 뽑힌 못 뿌리 내 발등 다시 찍는다

\>

삼천 배는 가벼워 못 뿌리 다시 솟은 것일까
뽑아도 지워지지 않는 해진 가슴
못 자국 덧난 것인가
대웅전 주춧돌 신음하는 소리
쿵쿵! 가슴에 다시 못 박는 망치질 소리

바느질

악마가 짜깁기하면
지옥이 되고

천사가 바느질하면
천국이 되는

마음 바느질

악마는
행복을 뭉뚱그려 하나로 꿰매고
불행은 갈래갈래 조각내어 보여 주지만

천사는
고통과 불행 안팎으로 재봉질 한 벌로 짓고
행복은 조각조각 무지갯빛 조각보로 맞춰준다

나날이
구겨진 주름 다림질해야 하는 마음

분양 공고

은하수가 건너다보이는 하늘 어디쯤
노른자위 골라 터를 닦고 천당을 짓는다며
분양 공고를 낸다

머리는 하늘에 두되
발은 땅을 딛고 살아야 한다면서도
하늘로 하늘로 구름 뚫어
길을 내고 펜트하우스를 짓는다

서울역 광장 노숙자들 잠꼬대 갈라지도록 외쳐대는
천국 입주권은 외면하면서도
하늘 가까울수록 프리미엄 높다며
구름 위의 집 먼저 차지하려 사다리 타는
복부인들 전대가 쌓은 바벨탑
천둥 번개는 비켜 가는지

펜트하우스 입주하면 덤으로
천당을 다락방쯤으로 오르내리게 하는
엘리베이터 놓아주고
천국 시민권 풀 옵션으로 준다면야
하늘 정원 가기 전에 구경 한번 해볼거나

성은 무너지고 섹스는 자랑하고

왕조 시대는
성姓

공화정 시대는
당黨
차별하더니

시민이 나라의 주인이라는 세상 들어서서는
성姓과 성性의 성城마저 허물어
통섭하자면서

♂도 우도
맞담배질하며
궁합 맞추기 전에
삿대질부터 해대더니

너도 미투 나도 미투, 미투미투
피켓 들고 일 합을 겨루는데

방패 앞세워 어디 한번 뚫어보라며

콧대 세우던 ♂

퍼질러 앉은 ♀ 앞에
물구나무서서 꼬리 내린↓ 꼬락서니 하고는

서릿발 거꾸로 발기한 오뉴월 용광로
조선 여인들 오백 년 한
하필 이 시대에?

하루라는 윤회

울어도 하루는 가고
웃어도 하루는 간다

울어도 내일은 오고
웃어도 내일은 온다

오늘이 가면
그토록 바라던 내일일까

울거나 웃거나
가는 하루 사이에도 새싹은 돋고

신발 벗어 손에 든 사람들
천지간에 길을 내서

구름 타고 한 바퀴
지구를 돈다

마음 찾아

집 나간 마음 찾아 나섰다가

길 잃고 헤매는 초심初心을 만나

되돌아온 그 자리

흔들렸던 마음도 돌아온 마음도

흔적 없이

초심의 그림자만 딛고 섰네

근원적 아름다움을 탐구하는 마음의 고고학

유성호(문학평론가, 한양대학교 국문과 교수)

1. 서정시의 적정한 긴장과 균형

신표균의 시는 인간 역사의 흐름과 개개 실존의 존재 조건을 동시에 투시하면서, 가장 아름다운 근원적 가치를 탐구해 간 깊은 마음의 고고학이다. 그의 시는 「시인의 말」에서도 피력되었듯이 "나날이 나를 빚는" 시간을 통해, "만들어진 나와 스스로 만들어온 나"를 천착하면서, "내가 그"리운 나를 향해 가는 자기 탐구의 성취라고 할 수 있다. 두루 알려져 있듯이 서정시는 시인 스스로 자신의 마음을 돌아보고 표현하는 성찰적 언어예술이다. 그래서 서정시의 심층적 동기는 자기 탐구와 확인 과정에 있고, 시인들은 이러한 과정에 따르는 기쁨과 설렘과 두려움을 경험해 가게 마련이다. 신표균 시인은 절실한 자기 탐구 과정을 함축적 언어에 얹어 세상에 내놓음으로써 가장 중요한 서정시의 본령을 실천해 간다. 하지만 이러한 탐구 과정이 일종의 나르시스적 몽상이나 도취에 머무르지 않는다는 데 신표균 시의 적정한 긴장과 균형이 있다고 말할 수 있다. 왜냐하면 그의 시는 자기 확인 과정에 따르는 진솔한 고백과 구체적 경험을 통해 우리로 하여금 사유의 균형적 성층成層을 깊이 느끼게끔 해주기 때문이다. 그러한 성층이 바로 우리가 서정시를 쓰고 읽음으로써 얻는 시적 소통의 구체적 결실인 셈이다. 이제 그 긴장과 균형의 세계 안으로 들어가 보도록 하자.

2. 든든하고 은은한 빛을 뿌리는 마음의 시학

신표균의 시는 자신의 사유와 감각을 최대한 응축하고 비본질적인 언어들을 가능한 한 배제함으로써, 독자들의 상상적 참여를 통한 능동적 재구성의 가능성을 최대한 열어준다는 장처長處를 지니고 있다. 암시와 초월을 주음主音으로 삼으면서도 삶의 구체적 면모를 집약해 가는 그만의 미학은 우리 서정시의 중요한 귀감이자 미학적 선례가 되어줄 것이다. 말하지 않음으로써 의미 과잉을 경계해 가는 이러한 작법이야말로 암시와 초월 그리고 상상적 능동성을 통해 현대인의 잃어버린 아우라Aura를 소환해 내는 강력한 방법으로 원용될 것이기 때문이다. 그리고 그것은 든든하고 은은한 빛을 뿌리는 마음의 시학에서 발원하는 것이기도 하다. 다음 작품을 먼저 읽어보자.

집 나간 마음 찾아 나섰다가

길 잃고 헤매는 초심初心을 만나

되돌아온 그 자리

흔들렸던 마음도 돌아온 마음도

흔적 없이

초심의 그림자만 딛고 섰네

—「마음 찾아」 전문

떠나간 마음을 찾아 길을 나섰다가 오히려 "길 잃고 헤매는 초심初心"을 만나게 되는 과정은 서정시가 수행하는 기원起源 탐구의 양상을 그대로 은유하고 있다. 그 과정에서 순간적으로 회복하게 된 "되돌아온 그 자리"는 그 자체로 "흔들렸던 마음도 돌아온 마음도" 경계선을 지운 채 꼼짝없이 통합되어 버린 '시인 신표균'의 실존적 좌표일 것이다. 그래서 시인은 "흔적 없이// 초심의 그림자만 딛고" 서 있는 자신으로부터 새로운 시작始作/詩作을 다짐할 수 있었을 것이다. 그렇게 "오늘의 탑 쌓는/ 내일의 첫날"(『일곱 번씩 일곱 번의 오늘』)에 시인은 "나날이/ 구겨진 주름 다림질해야 하는 마음"(『바느질』)을 천천히 돌아보면서 시인으로서 자신이 걸어가야 할 길과 가져야 할 마음을 깊이 성찰하고 있다. 이는 '마음=길'이라는 등식을 알려 주는 시인으로서의 초심이 존재론적 표지標識로 환하게 드러난 경우일 것이다. 다음은 어떠한가.

울어도 하루는 가고
웃어도 하루는 간다

울어도 내일은 오고
웃어도 내일은 온다

오늘이 가면
그토록 바라던 내일일까

울거나 웃거나
가는 하루 사이에도 새싹은 돋고

신발 벗어 손에 든 사람들
천지간에 길을 내서

구름 타고 한 바퀴

지구를 돈다

—「하루라는 윤회」 전문

하루하루의 일상을 '윤회輪廻'라는 순환적 질서 안으로 묶어낸 이 시편은 우주적 리듬을 띠고 있는 일상의 시간을 착실하게 담아내고 있다. 소박한 울음과 웃음으로 하루는 가고 오지만, 내일이라는 시간도 오늘 바라던 그 내일은 아닐 것이다. 그러니 "울거나 웃거나/ 가는 하루 사이에도 새싹은" 돋아나게 마련이고 사람들은 길을 내면서 걸어가고, 모든 존재자는 구름 타고 지구를 한 바퀴 돌게 마련이 아닐 것인가. 물론 모든 존재자는 "한갓되이 흐르는 강물처럼 자유로워야"(『사랑 저울』) 한다고 시인은 생각한다. 그 점에서 시인이 창의적으로 생성한 "하루라는 윤회"의 질서는 "민들레 홀씨의 가벼움으로 훨훨"(『영주권』) 걸어가는 인간 존재의 자유로운 보편성을 노래한 것일 터이다. 이 역시 은은한 일상의 시간을 탐구해 가는 마음의 시학적 결실일 것이다.

이처럼 신표균 시인은 단단하고 원숙한 사유와 감각으로 서정시의 위의威儀를 지키면서도 그 안에 자신만의 인생론적 시선을 역동적으로 담아가고 있다. 그동안 지속적으로 축적해 온 사유 방식과 그 안에 견고하게 담아온 진정성이 오랜 시간을 새로운 신생의 열망으로 바꾸어간 진경으로 이어진 것이다. 우리는 이러한 견고하고도 정채로운 미학의 한 극점을 보여 준 신표균의 시를 따라가면서, 뭇 사물과 친화해 낸 결과를 든든하고도 은은한 마음의 시학으로 받아들이게 된다. 이때 순간적 회복과 일상적 깨달음의 경험은 시인으로서의 자의식을 첨예하게 드러내면서, 우리로 하여금 그러한 경험을 매개하고 표현하는 서정의 원리를 통해 삶의 저류底流에 흐르는 본질적 고갱이들을 순간적으로 만나게끔 해주고 있는 것이다.

3. 낡아가는 것들에 대한 시적 고고학

또한 신표균의 시는 사라져가는 것들에 대한 애착을 통해 서정시 창작의 제일의적 수원水源 역할을 감당한다. 아닌 게 아니라 시인은 사라져가는 혹은 부재하는 것들을 현저하게 재현하면서 지나온 시간을 되돌릴 수 없다는 한계 의식과 그때 어김없이 찾아오는 그리움을 동시에 노래한다. 아니 어쩌면 그러한 기억 자체가 인간의 존재 방식을 그대로 담아내는 과정이라고 해도 지나치지 않을 것이다. 이처럼 시인은 지난 시간을 일일이 호명하면서 기억과 그리움의 힘으로 존재의 근원을 탐색해 간다. 그리고 잃어버린 세계를 순간적으로 탈환하면서 새로운 세계로 나아가려는 의지를 줄곧 보여 준다. 이번 시집은 이러한 서정의 원적原籍으로서의 사유와 감각을 충실하게 지켜가면서 그 과정을 매우 선명하게 보여 주는 성과라고 할 수 있을 것이다. 그 심화된 미학 세계는 더 맑고 아름다운 언어 감각에 의해 감싸여 있게 됨으로써 신표균 시학의 진척 양상을 확연하게 보여 주고 있다 할 것이다.

모서리가 닳아 손때 반들거리는
낡아가는 것들이

억눌리기도 짓밟히기도 더러는 긁히기도 하면서
나이 따라 늙지 않고
보쌈 주름 두터이
눈길 팽팽하게 잡아당긴다

옥척屋脊 대들보나
선로에 깔려 고막 잃고
침묵의 삶 일관해 온 침목의 무게
몸에 새긴 레일의 시간 외려
결이 단단하다

느릿느릿 손금 굳은살 두터워진 침모
반짇고리 골무 깊어지는 주름에 동백기름 바르면
장롱 문짝은 쉰 목소리로 익어간다
　　　　　　　　　　　　　　—「낡아짐의 미학」 전문

　시인은 시간의 흐름을 따라 불가피하게 낡아가는 것들에
주목한다. 시간의 풍화를 견디지 못하고 평등하게 낡아가
는 것들 안에는 시인 스스로의 실존적 투사投射의 순간이 깃

들여 있을 것이다. 모서리가 닳아서 손때로 번들거리는 것들, 억눌리고 짓밟히고 긁히기도 하면서 낡아온 것들, 나이 따라 늙지 않고 눈길을 팽팽하게 잡아당기는 것들이 모두 그 대상이다. 그리고 대들보나 침목枕木 안에 담긴 침묵과 무게에는 몸에 새긴 오래고도 단단한 시간의 결이 흐르고 있다. 느릿느릿 손금 굳은살 두터워진 침모針母에게도, 쉰 목소리로 익어가는 장롱 문짝에도 '낡아짐'으로써 자신의 존재 증명을 해가는 미학적 순간은 있는 것이다. 이처럼 오랜 시간 속에서 "스스로 빛이 된"(「보석, 그 환함에 관하여」) 존재자들은 "부끄러운 유적 몇 가닥"(「하얀 가을」)에도 불구하고 그 안에 "겹겹이 숨겨진 점층의 속내"(「연화무」)를 쌓아왔다. 그렇게 시인은 어느덧 시를 통한 인생의 고고학자를 자임하게 된 것이다.

파도는
꺾이는 허리 힘겹게 일으켜 세워
흔들리는 바다에
쉼 없이 갑골문자를 음각한다

구름은 흘러가는 하늘의 옷깃 붙잡아
능숙한 붓놀림으로 양각한 상형문자 두루마리를
바람에게 쥐여 보낸다

존재하는 것들은 저마다

제 몸 던져

내일이면 삭아질 사연들을

하루치의 이끼로 써 내려간다

오늘이 쓸려 간 자리에 내일이 밀려오면

이야기는 이야기를 따라나서겠지만

바다와 하늘 사이에 이어지는 전설은

거울 보지 않고도

서로의 거울로 파도와 구름 뒤섞어 놓는다

　　　　　　　　　　　　　　　　─「고고학」 전문

　시인으로서 가지는 존재론적 고고학이기도 한 이 작품
은, 파도가 허리를 일으켜 세워 바다에 갑골문자를 음각하
는 장면을 옮기고 있다. 힘겹게 흔들리는 물결을 쉼 없이
각인해 가는 파도야말로 오랜 시간을 언어로 붙잡아 능숙하
게 발화하는 시인의 존재론을 닮았다. 마찬가지로, 흘러가
는 하늘 옷깃을 붙잡아 붓놀림으로 상형문자를 양각한 두루
마리를 바람에게 쥐어 보내는 구름 역시 창의적 존재에 값
한다. 무릇 존재하는 것들은 저마다 제 몸을 던져 내일이면
사라져갈 사연들을 써가는 것이다. 그러니 자연스럽게 오
늘이 사라지면 내일이 밀려오고, 이야기는 이야기로 이어
져 가고, 존재자들은 서로의 거울을 가지고 파도와 구름을
뒤섞어 놓으면서, 때로는 "소름 돋는 은빛 주문呪文"(「자작나
무」)으로 때로는 "허언 독설"(「대못박이」)로 때로는 "모음으로

기둥 세우고 자음으로 서까래 얹은/ 시詩"(「보청기」)로 자신의
목소리를 드러내는 것이 아니겠는가.

　이렇듯 신표균 시인은 낡아가고 사라져가는 사물들의 호
혜적 연관성을 상상하고 표현하면서 시인으로서의 존재론
적 사유와 감각을 거기에 휜칠하게 얹어간다. 물론 이러한
낡아가고 사라져가는 존재의 형식은 더욱 다양한 서정시 창
작의 확산과 심화를 가능케 하는 고전적 이해 방식에 속하
는 것일 터이다. 하지만 분명한 것은 이러한 고전적 해석과
형상화 작업이 신표균 시인의 창작 과정에서 어느 정도 지
속성과 균질성을 가지고 펼쳐져 갈 것이라는 점이다. 그 지
속성과 균질성이 단순하고 지루한 반복이 되지 않도록 시인
은 성찰의 깊이와 표현의 새로움을 지속적으로 추구해 가고
있다. 다양하게 존재하다가 한결같이 '낡음'과 '사라짐'이라
는 과정에 불가피하게 편입되어 가는 것들을 고고학적 마
인드로 포괄해 가는 시인의 언어와 마음이 여간 귀한 것이
아닐 수 없다.

4. 멀어서 아름다운 시인으로서의 묵시默示

　우리가 지각할 수 있는 시공간의 징후는 한동안 그것이
사물들을 규율하다가 사라져가는 곳에서 생겨난다. 하지만
한편으로 이러한 사라짐의 형식은 또 다른 차원의 존재론
적 생성을 준비하는 단계이기도 할 것이다. 아니 모든 사라

져가는 과정 안쪽에 어쩌면 역설적 생성의 기운이 충실하게 잉태되어 있다고 해도 틀린 말은 아닐 것이다. 이 모든 것이 우리가 홀로 존재하는 단독자가 아니라 무수한 생성과 사라짐의 과정을 통해 각인되는 상호 결속의 존재임을 알려 준다. 신표균 시인은 그러한 시공간 양상을 사물의 호혜적 의존 관계를 통해 적극 수납해 가고 있다. 존재의 묵시록으로 그려낸 다음 작품은 그러한 시인의 존재 방식을 물리적으로 표상한 결과일 것이다.

문신으로나마 가슴에 품고
종신하고 싶은 한 편의 시를 기다리며
이끼 옷 누더기 되도록 원시림을 건너온 그가

진달래 피는 어느 봄날
화전놀이 구경 나온 한 시인과 눈 맞아
사흘 밤낮 몸 섞고 정釘을 통하더니

싸늘하던 몸에 더운 피 돌아
따뜻해진 문신들
꿈틀대는 몸짓으로 시문을 암송한다

천년의 짝 이룬 시인과 돌
한 몸 반려가 되어
지니고 갈 몸시 도란도란 합송하는

묵시록

―「시비詩碑」 전문

"시비詩碑"라는 견고한 기억의 지표는 신표균 시인에게 '시인'과 '돌'이 한 몸으로 서로 반려가 되어 "도란도란 합송하는// 묵시록"으로 다가온다. 반려와 합송合誦과 묵시默示가 그 자체로 오랜 시간의 흐름을 물질화하는 표상인 셈이다. 이때 '시비'는 모든 시인에게 "자음으로 기초를 놓고/ 모음으로 기둥"(「집시 또는 시집을 위한 집 한 채」)을 세운 것이 된다. 오랫동안 시인은 종신해도 좋을 "한 편의 시"를 가슴에 품고 기다리다가 "구경 나온 한 시인과 눈 맞아/ 사흘 밤낮 몸 섞고 정釘을 통"하던 순간을 통해 이 작품에 서사성을 부여한다. 몸에 더운 피가 돌아 따뜻해진 문신들이 천 년의 세월을 각인하고 가장 오랜 원시(原始/遠視)의 세계를 기억하는 장치(device)를 만든 것이 결국 '시비'인 셈이다. 신표균 시인은 자신의 시 쓰기 과정도 오랜 세월 그렇게 "나를 벼리는 일"(「날」)이자 "격렬한 싸움 끝에 찾아오는/ 아름다운 거리"(「사회적 거리」)를 포괄함으로써 다다르는 궁극의 자리라고 노래하고 있다. 마침내 "시 한 행/ 영화 한 편/ 가사 한 쪽지"(「다시 읽기」)가 다시 시작하게 하는 생의 출발점에서 시인은 자신의 '시비'를 마음의 고고학으로 천천히 세워갈 것이다.

멀리 달려온 따뜻한 빛이나
높이 모셔두어야 경외로운 신은

두말할 것 없이
섬을 삼키는 파도의 악다구니가
건반 위의 은파로 변환되는 것은

멀어서 아름답다

멀리서 그림엽서 보내오는 노을은
태양과 구름의 육탄전일 테지만
기러기 떼 노을빛 날갯짓 창천 물들이면
먼 곳의 그가 더욱 그립고
멀리 떨어져 있는 연인 꿈에 나타난다

닐 암스트롱 발자국 찍던 날
계수나무 아래 방아 찧던 토끼
혼비백산 사막 모래 구덩이로 사라진 후
총성 멎을 날 없고
근경은 전쟁이 되고 원경은 풍경이 되는
가보지 못해 발걸음 닿지 않은 곳

멀어서 아름답다

가까울수록 너무 먼 당신 품이 더욱 따뜻한 것은
　　　　　　　　　　—「멀어서 아름다운 것들」전문

고고학적 견지에서 볼 때 가장 아름다운 것은 가장 멀리 있는 것이기도 할 것이다. 여기서 '멂'이란 시간적 거리일 수도 있고 공간적 거리일 수도 있고 아니면 "나침반이 가리키지 못하는 사막의 길"(『낙타는 어제의 지도를 허물면서 간다』)처럼 측량할 수 없는 불가항력의 심연일 수도 있을 것이다. 시인은 "멀리 달려온 따뜻한 빛" "높이 모셔두어야 경외로운 신"을 멀리 있어 아름다운 존재로 전제하면서, 섬을 삼키는 파도가 건반 위 은파로 변환되는 것 역시 그러한 심미학 변형체임을 노래한다. "멀리서 그림엽서 보내오는 노을"이나 "기러기 떼 노을빛 날갯짓"도 하늘을 물들여 가는 가장 아름다운 천체로 등장한다. 이처럼 '멂'에 대한 그리움이 싹트는 순간에 시인은 "근경은 전쟁이 되고 원경은 풍경이 되는" 우리 시대를 성찰해 간다. "가까울수록 너무 먼 당신"의 따뜻한 품을 역설적으로 희원하는 순간, 우리는 멀어서 아름다운 것들이야말로 "검은 하늘 누런 땅만 보이던 만백성 눈 밝혀 준"(『가장 환한 책』) 은총이기도 하고 "신과 자연 사이에 사람 불러/ 구상과 비구상으로/ 징검다리 놓아"(『인문학이 과학에게』)주었던 기적이기도 하다는 것을 깨닫는 것이다. 이래저래 신표균은 가장 아름다운 것들이 가지는 시공간의 간격을 절절하게 사유하는 심미적 시인이다.

결국 시인은 자신의 강렬한 미학적 원천을 멀고 원초적인 시의 시간으로부터 구축해 낸다. 남다른 기억을 재현해 가면서, 그 기억과 힘겹게 싸우거나 화해하면서, 그는 바로 그 기억에 항구성을 부여해 간다. 그것이 서정시의 보편적 지향임을 그는 구체적 실례로써 보여 준 것이다. 이처럼 한 영혼의 기억을 기록해 온 양식으로서의 서정시는, 우리 삶이 합리적 이성에 의해 진화하는 것이 아니라, 그렇게 구축된 관념을 때로는 넘어서면서 새로운 질서를 구축해 가는 것임을 선명하게 알려 준다. 신표균 시인은 이러한 서정시의 규정을 낱낱이 충족하면서 서정의 정점을 이루어가려는 고전적 열망을 보여 준다. 특별히 우리가 상실한 가장 중요한 삶의 지표들을 정성스레 복원함으로써 그는 우리 시대의 불모성과 실용주의적 기율에 대한 항체를 아름답게 각인해 가고 있다. 멀어서 아름다운 시인으로서의 묵시默示 과정이 그 안에 흐르고 있는 것이다.

5. 존재의 가장 깊은 심연을 찾아 나서는 마음

그런가 하면 신표균의 시는 세계 내적 존재로서 가질 수밖에 없는 어떤 기원에 초점이 맞추어져 있다. 그러나 그는 기원으로부터 멀리 떠나온 자신의 삶을 우울한 비관주의로 담지 않고 오히려 그것을 궁극적 긍정으로 전화轉化하는 내적 계기들을 풍부하게 만들어낸다. 예컨대 그것은 기원에 대한 외경과 삶의 보편적 형식에 대한 믿음을 통해 만들어지는데, 그래서 그의 시편은 오솔길에 피어있는 생명체 하나에 대한 동경에서 발원하기도 하고, 따뜻한 사람들의 마음에 대한 믿음에서 생성되기도 한다. 그 미적 동경과 믿음이 바로 그의 시편들에 편재遍在한 서정시의 힘이 아닌가 생각해 본다. 이처럼 신표균 시인은 불가피한 존재 방식을 통해 생의 비의秘義에 가닿으려는 일관된 의지와 실천을 보여 주면서, 사물 속에 편재한 생성과 사라짐의 원리에 대한 역설적 사유를 암시적으로 보여 준다. 그 역설을 통해 가장 깊은 심연을 찾아 나서는 것이다. 그리고 그 심연은 어쩌면 자신의 존재론적 기원인 '어머니'의 형상이기도 할 것이다.

토담 울타리 아늑한 장독대에 차려지는 신전
다달이 보름달 떠오르면 여인은 옷을 갈아입는다

삼경 첫새벽 목욕재계, 곱게 다림질해 둔
옥색 치마저고리 의관 정제한 제사장
고즈넉한 우물가에 나와 정화수 한 두레박 조신조심 길어
하얀 사기대접 그득 옻칠 소반에 올리면
보름달님 빙그레 좌정하신다

일 년 열두 보름달 어김없이 초대하여
한양 유학 간 맏이 사법고시 합격, 군대 간 둘째 무운장구
돌박이 외손주 무병장수와 가문의 번성, 그리고 풍년
기원……
빌고 또 비셨다

우물가 장독대 두레박 모습 감춘 어느 날
옥색 제복祭服 주섬주섬 챙겨 홀연히 떠나가신 여제

뜨락에 서서 하염없이 보름달 올려다보노라니
불현듯 함박웃음으로 내려다보고 계시는 얼굴

수호신!
보름달 어머니

—「어머니의 달」전문

이 산뜻한 고고학적 풍경화는 "토담 울타리 아늑한 장독대"를 신전神殿이 차려지는 곳으로 보고, 어머니께서 보름달 떠오르면 옷을 갈아입으시던 기억을 톺아 올리고 있다. 삼경 첫새벽에 목욕재계하고 의관 정제하던 제사장으로서 어머니는 우물가에 나와 정화수 길어 보름달을 맞으시곤 했다. 가족들 안위와 행복과 성취를 빌고 빌던 어머니의 정성은 우물가 장독대 두레박이 모습 감춘 어느 날 홀연히 떠나갔다. 이제 뜨락에 서서 하염없이 올려다보는 "보름달"은 어머니의 잔상殘像이 되어있을 뿐이다. 어머니는 시인은 물론 그 간절한 기원의 대상이 되었던 모든 이들의 "수호신"이 되신 것이다. 그렇게 "어머니의 달"은 스스로 "어머니"가 되어 "숨긴 것 없으니 부끄러울 것도 없다는/ 저 당당함"(『가을 하늘은 늙지 않는다』)으로 "고요마저 멈춘 새벽"(『저 홀로 내성천을 건너서』)까지 모두를 비추고 있다. "속울음 삼동을 얼려 온 짧은 생애"(『봄을 위한 순교』)를 뒤로하고 떠나가신 "어머니"의 성스러운 모습이 약여하게 전해져 오는 순간이다.

탯줄 잘리는 공포

첫울음으로 하늘에 먼저 출생신고를 하고

아직은 햇빛을 볼 수 없는 눈

입술로 따뜻한 무덤 더듬어

초유를 빤다

첫니 나기 전에 옹알이부터 익힌 혀

스스로 터득한 원시 언어로

첫 질문을 던진다

첫사랑은 깨지고

첫 만남은 헤어지고

첫날밤이 깨소금이 아니라는 것쯤

오늘 깨달아서

첫 경험처럼 허탈하지 않아야 할 텐데

첫새벽이 가장 어두운 것을 깨우칠 즈음

처음은 다 그런 거야라고

제법 익은 말 한마디쯤 뇌까릴 수 있게 되겠지

시작과 마지막은 누구에게나 선행 학습 없이

첫 경험으로 비롯될 터인데

알파와 오메가의 틈새

혼돈의 구멍일 뿐

내 생애의 모든 첫날은 오늘이다

—「첫」 전문

    일찍이 길을 가다가 '초심'을 발견하고 거기에 착지했던 시인은 이제 '첫'이라는 새로운 초심을 발견해 간다. 그럼으로써 시종始終이 일여一如하고 처음과 마지막이 합수하는 통합된 세계를 그려내고 있다. '첫'울음으로 세상에 나와 하늘에 출생신고를 했지만, 볼 수 없는 눈과 서투른 입술로 초유를 빠는 존재자들은 지상에서 생명을 부여받은 인생 모두를 은유하는 것일 터이다. "첫니"가 나기 전에 옹알이부터 익힌 아이는 스스로 언어를 터득해 가고 "첫사랑/ 첫 만남/ 첫날밤/ 첫 경험"이 처음의 기대를 지켜주지 않음을 배워가게 된다. 가장 어두운 "첫새벽"에 "처음은 다 그런 거"라고 위안하면서 우리 모두는 "시작과 마지막은 누구에게나 선행 학습 없이/ 첫 경험으로 비롯될" 것이라고 말할 수 있을 것이다. 그렇게 '첫'은 "알파와 오메가의 틈새"이고 "생애의 모든 첫날"을 오늘로 만들어주는 힘을 가진다. 시인은 이렇게 "귀 밝고/ 눈 맑아야/ 총명聰明한"(「눈먼」) '첫'의 세계를 배열해 감으로써, 우리로 하여금 "궁극적 질문을 던지며"(「0에서 0으로」) 그 '첫'을 명상하고 "서로가 서로에게 스며들어/ 우주와 관계 맺고 사는/ 사이"(「스며들며 살아가기」)임을 알아가게끔 해준다.

    이처럼 신표균 시인은 사라져간 기원과 '첫' 마음에 대한 가없는 그리움을 적극 토로함으로써, 존재의 가장 깊은 심연을 찾아 나서는 모습을 보여 준다. 일찍이 고대 그리스 철학자 헤라클레이토스는 "우리는 같은 강물에 두 번 발을 담글 수 없다"라고 말한 바 있는데, 이는 아마도 시간의 일회성과 불가역성不可逆性 그리고 인간 존재의 유한함을 함축한 표현일 것이다. 그렇게 누구에게나 평등하게 왔다가 사라져가는 시간은, 사랑하는 대상을 부재하게 하고, 기억 속에 그 대상을 불멸로 존재하게 하는 원형적 힘으로 나타나게 된다. 그러한 그리움의 원리를 명료하고도 아름답게 구축해 낸 신표균의 시는 그 점에서 첫 마음을 "잇고자 하는 간절함"(『투박한 듯 고운』)으로 존재의 가장 깊은 심연을 환기하는 세계라고 말할 수 있을 것이다.

6. 웅숭깊은 서정의 높이와 너비

지금까지 우리가 읽어온 것처럼, 신표균의 이번 시집은 근원적 아름다움을 탐구하는 마음의 고고학을 깊고도 넓게 담고 있다. 자신의 내면에 출렁이는 지나온 시간들에 대한 깊은 회감回感에 의해 발원하는 그의 시 세계는, 지상의 소중한 존재자들을 향한 사랑의 마음에 의해 적극 뒷받침되고 있다. 그래서 그의 시편은 지나온 시간에 대한 기억을 바탕으로 하여 자신의 삶과 경험에 대한 절실한 고백을 이어감으로써 서정시의 미학적 완성도를 한층 높여 가는 미학적 실체인 셈이다. 이로써 우리는 가장 오랜 존재론적 기원을 상상하는 일과 가장 아름다운 시를 쓰는 일이 그의 언어에 고스란히 겹쳐 있음을 알게 된다. 그리고 그의 시가 구체적 경험의 결을 통해 감각적 실재를 넘어서면서 영혼을 충일하게 하는 미학적 비전으로 가득 차있음을 거듭 경험하게 된다.

결국 서정시는 우리의 삶 가운데 합리적인 이성으로는 도저히 포착하고 설명할 수 없는 마음이나 운명이나 상처에 대해 노래해 가는 언어 양식이다. 이때 서정시가 담아내는 것은 어떤 거대한 내러티브보다는 우리에게 가장 소소하고도 친숙한 일상적 사물이나 경험일 경우가 많다. 그 점에서 서정시의 존재 의의는 익숙한 것들 속에서 생성해 내는 새로운 인지와 발견의 감각에 있다고도 말할 수 있을 것이다. 신표균 시인은 새로운 인지와 발견의 감각을 통해 사물의 의미와 본질을 재발견하는 데 공력을 다하되, 일상이 품고 있는 경험적 구체를 통해 삶의 비의秘義를 암시적으로 표상해 간다. 그 표상 안에서 우리는 근원적 아름다움을 탐구하는 마음의 고고학을 발견하는 것이다. 그래서 우리는 신표균 시인이 이러한 돌올한 개성적 성취를 딛고 넘으면서, 더욱 웅숭깊은 서정의 높이와 너비를 구축하는 세계로 나아가게 되기를 마음 깊이 희원해 마지 않게 되는 것이다.